Der traurige Mann

HACI H. POLAT

Der traurige Mann

Gedichte und Geschichten

Bibliografische Information der Deutschen Nationalbibliothek:
Die Deutsche Nationalbibliothek verzeichnet diese Publikation
in der Deutschen Nationalbibliografie; detaillierte bibliografische
Daten sind im Internet über http://dnb.dnb.de abrufbar.

© 2015 Haci H. Polat
© Foto und Zeichnung Haci H. Polat 2012
Satz, Umschlaggestaltung, Herstellung und Verlag:
BoD – Books on Demand GmbH

ISBN: 978-3-7392-9303-5

*Für die Menschen,
die einem Momente und Augenblicke schenken,
welche unermesslich wertvoll und
mit Worten nicht zu beschreiben sind.*

P. A. & M. T.

Inhalt

Vorwort 11

1. Das kümmerliche Leben des Herrn W. oder die Leiden im neuen Jahrtausend 13

2. Der Fall eines Großreichs – die Liebe 15

3. Unverdient 17

4. Was ist Liebe? 18

5. Ein Brief 19

6. Die unendliche Suche ... Liebe(r) nicht! 21

7. Yorgun Gözler (türk.) 23

8. Bogaz da yildizlar (türk.) 24

9. An diesem Abend 25

10. Du 26

11. Nur dir 27

12. Tage und Nächte 28

13. Schmetterlinge 29
14. Ich hatte ein Leben 30
15. Die eine Chance 31
16. Das Ende 32
17. Die Suche 34
18. Träume 35
19. Komm und sehe mich 36
20. Wenn ein Herz bricht 37
21. Der Fluss 38
22. Der Blick 39
23. Das Kind in mir 40
24. Wach 41
25. Das Begräbnis I 42
26. Das Begräbnis II 43
27. Das Begräbnis III 45
28. Für immer 46

29. Der Wunsch 47

30. Die Traummörderin 48

31. Der Morgen soll nicht sterben 51

32. Ist das Leben nicht schön ? 54

33. Stumme Briefe 55

34. Mein Kampf 56

35. Der letzte Ausweg 58

36. Das letzte Mal – das Ende! 60

37. Das Geschwür 61

38. Der blonde Engel 62

39. Eine kurze Weihnachtsgeschichte von Haci H. Polat 63

40. When this song ends, I will die 66

41. Die richtige Nacht zum Sterben 67

42. Der Traum 68

43. Das Ende – ein Abschied! 71

44. Das kranke Herz 73

45. Die richtige Nacht zum Sterben II 76

46. Der letzte Geburtstag 77

47. Du hast dich verändert 78

48. Der Himmel 79

49. Wie kann dieses Herz vergessen 80

50. Die Vorweihnacht 82

51. Mirror 84

52. Teardrops 85

53. Voices in my soul 86

54. This Night 87

55. Tired Eyes 88

56. Das tote Herz 89

57. Bis die Sonne aufgeht 91

58. Engel müssen nicht immer einsam sein 92

Vorwort

Die Gedanken in der Hand

Lesen, lesen und nochmals lesen

Haben Sie je darüber nachgedacht, was das Besondere am Lesen ist?

Das Lesen ermöglicht es uns, all die Fantasien, Träume, Hoffnungen und somit die Gedanken von anderen Menschen zu erfahren.

Wir geben uns den Gedankengängen des Schreibers hin, mal mehr, mal weniger, und lassen uns entführen von diesen.

Ist das nicht wundervoll?
Aber Lesen ist noch viel mehr.

Mit jedem Buch, mit jedem noch so kurzen Text, egal ob eine Geschichte oder ein Gedicht, erweitern wir den eigenen Blick und Horizont. So gesehen ist Lesen eine Art der Kommunikation und des Austausches.
Der Autor lässt uns in sein Inneres blicken und der Leser begibt sich in dieses hinein.

Bücher und Texte sind somit nicht einfach nur Bücher und Texte ...

Es sind die
Gedanken in der Hand.

Ihr
Haci H. Polat

1. Das kümmerliche Leben des Herrn W. oder die Leiden im neuen Jahrtausend

Eine Erzählung, 28.04.2015

Herr W. war zeit seines Lebens sehr traurig und immerzu mit seinen Gedanken in Augenblicke des Lebens vertieft, die nicht schön sind. Er setzte sich mit dem Tod auseinander, mit einer Liebe, die er nicht hatte, mit Gefühlen, die noch nicht erfahren wurden, und noch vielem mehr.
Immerzu war er beschäftigt mit Dingen, an die so viele scheinbar nicht dachten und keinen Gedanken verschwendeten.

Der Kummer, der sich festgesetzt hatte in seinem Leib, seiner Seele und in seinem Kopf, wollte einfach nicht weichen.
Der Schmerz, der in seinem Herzen wie ein Feuersturm wütete, konnte nicht ausgelöscht werden.

Wo andere lachten, war er in seine Träume vertieft.
Als andere zusammen waren, hielt er die Hand der Sehnsucht.
Wenn das Glück anderen Gesichtern entgegenschien, ließ er sich umarmen und trösten von seinen Tränen.

Die Verzweiflung entriss ihm die letzte gebliebene Ruhe. Als Mitmenschen sich in die Arme der Nacht begaben und ihren Frieden fanden, blieb er wach – und bei ihm die Hoffnung und die Gedanken, dass auch er eines Tages diesen Frieden finden würde. Er betete immerzu, dass es doch schnell gehen solle. Er wusste einfach nicht, wie lange er das aushalten könne. Die

Kraft, die Kraft schwand dahin und mit ihr im Gleichschritt der Glaube.

Nun, an diesem Abend, sitzt er zu Füßen der Stadt am Fluss Main. Vor ihm ragt in die Wolken das Neue und zu seinen Füßen das Alte. Menschen gehen auf und ab, sitzen auf dem Grün und sprechen, trinken und essen.

Der Wind steht still, wie sein Leben vor langer Zeit zum Stehen gekommen ist. Er blickt in die vielen Lichter und die Schatten dieser Stadt und sieht den spiegelnden Glanz auf dem Fluss. Er bemerkt, dass kein Glanz noch ein Funke in seinem Leben existiert.

So viel Leben in diesen Stunden, Freude und Glück. Doch das seine war ausgeschöpft bei der Niederkunft, dachte er so oft.

Den Sinn, den Grund, länger zu leben, sieht er nicht, obwohl er unentwegt danach sucht. Trotz der Schönheit, die er wahrnimmt, kann er sich nicht daran erfreuen – so vieles trübt und macht dies zunichte.

Es gibt niemanden, der ihn hört, der teilt und Liebe schenkt.

Die Einsamkeit zermürbt und treibt ihn in die Fänge des Todes.

So geht er die letzten Schritte seines Lebens auf den Gleisen, hinter ihm nur sichtbar die Dächer der Türme.

2. Der Fall eines Großreichs – die Liebe

1. Der Funke

Ein Wort brauchte es nicht.
Ein Blick löste einen Funken aus und aus diesem Funken wurde ein Flächenbrand. Nichts hätte dieses Feuer aufhalten und sich diesem in den Weg stellen können.
Etwas Großes wurde geboren.

2. Die Hochzeit

Schön war die Zeit. Unerreichbar für andere.
Stark war man gemeinsam. Die Kraft unendlich groß, Grenzen gab es nicht.

3. Das Opfer

Wie sehr ich dich doch liebe. Die Sehnsucht nach dir begleitet mich selbst, wenn du bei mir bist. Ich würde nicht überlegen, dürfte ich für dich krank sein. Für dich würde ich das meine aufgeben und für dich sterben.

4. Der Verrat

Es kam unerwartet und plötzlich. Heimlich und hinterhältig. Als er sich sicher war, wurde der Dolch von hinten ohne Erbarmen

und Rücksicht hineingestoßen. So tief, dass es nicht mehr ging. Organe wurden zerstört und Knochen, die im Wege standen, zerschmettert – ein Überleben sollte nicht mehr möglich sein.
Der Verräter war seine Liebste!
Verkauft. Verlogen und kein Erbarmen kannte sie.

5. Der Untergang

Aus dem Nichts war etwas Großartiges entstanden und der Weg war geebnet für etwas Überwältigendes, Unerreichbares von unermesslicher Reinheit. Doch zu dem Zeitpunkt, wo zur Vollendung nur ein letzter Schritt fehlte, kollabierte diese einzigartige Liebe. Nichts blieb zurück, nur der Schmerz und die Narben, die als Relikte vergangener Tage dienen und daran erinnern.

3. Unverdient

Wir haben diese Welt nicht verdient,
diese Schönheit, die Vielfältigkeit,
die vorhandene Pracht, die einem entgegenscheint.

Unerschöpflich scheint die Darbietung, und doch ist das Interesse gering und wir unfähig, diese zu erkennen.

Was bedeuten all die Farben, wenn wir farbenblind sind und nicht in der Lage sind zu sehen?

Wir haben diese Welt nicht verdient.
Zerstören wir sie doch unaufhörlich,
stehlen wie Diebe
und vernichten die Einzigartigkeit.

4. Was ist Liebe?

Was wäre, wenn die Liebe am Ende nichts weiter ist als ein Moment? Eine Zeiteinheit und nicht ein Gefühl. Ein eingeschlossener Augenblick, der so, wie er beginnt, auch verschwindet und vorbei ist – plötzlich!

Liebe würde somit nur entstehen, wenn man in einem bestimmten Zeitfenster einen Menschen antrifft, der sich ebenso exakt in diesem Zeitfenster befindet. Haben sich die Wege gekreuzt, beginnt auch ohne Verzug die Bewegung voneinander weg, bis man sich verliert.

Das würde erklären, warum Bindungen gelöst und ausgelöscht werden.

Das wäre eine Begründung dafür, warum auf gegenseitige Gefühle keinen Wert gelegt wird, warum die schöne Zeit so oft mit Füßen getreten wird und nichts bedeutet. So wie die Zeit vergeht, vergeht auch das, was man als Liebe kennzeichnet.

Am Ende ist es wie die Zeit – Vergangenheit und Geschichte.

Vergänglich ...

Tittmoning, 02.10.2014

5. Ein Brief

Es war alles nur ein Spiel, zu einem Moment und in einem Zeitfenster, wo man halt da war. Alles war nur eine Lüge und nur eine einzige Heuchelei. Es wird klar, warum man sich nicht mehr treffen mochte und es keine Möglichkeiten gab. Ich hatte selbst gesagt, dass ich Angst habe zu fragen, weil nur noch alles verneint wurde oder du dich nur geärgert hast oder genervt warst – nun weiß ich, warum. Nun ist es klar! Das Kind oder das Vorhaben fiel mit Sicherheit in diesen Zeitraum – 100 %!!! Alles wurde provoziert, was zu erwarten war, bis hin, dass ich erstmals ein Geschenk zurückgeben musste – DU hast es veranlasst! Du hast mich belogen. Lüge und Heuchelei, das sind deine ethischen und moralischen Werte. Bei mir war ebenfalls alles nicht rosig, aber ich habe Rücksicht genommen, an deine, an seine Situation gedacht. Ich habe Zeit gelassen, ich habe gekämpft und mich demütigen lassen – alles für dich, alles für etwas Wunderbares, was es hätte sein können. Vergebens. Umsonst. Nun geh dahin und kümmere dich um das, was du wolltest, und nicht um einen, den du selbst getötet hast – was du nicht getan hast! Es war klar und ich hab's nicht erkannt, das ist meine Schuld. Wenn man wichtig gewesen wäre, hätte man sich gemeldet! Du hättest dich nie gemeldet, und das ohne Abschied! Das bist du – rücksichtslos, herzlos und ohne Gewissen. Mein Vergehen war die unendliche Liebe zu dir. Du hast mir die Luft genommen, mein Leben zerstört! Du hast umgebracht meine Träume, meine Hoffnungen, meine Liebe und die Seele in mir – mich hast du auf dem Gewissen.

Wenn der Tag kommt und einer deiner Liebsten plötzlich aus dem Leben scheidet – denk an mich und du wirst wissen, was ich nun fühle! Addiere aber zum Verlust die unermessliche Enttäuschung hinzu. Deine Haut wird brennen, du wirst nicht fähig sein zu denken, es wird so sein, dass du nicht wissen wirst, was du fühlen sollst! Es gibt so viel, was ich noch sagen würde, aber mein scheiß wertloses Herz lässt es nicht zu, weil es gebunden ist. Drum ... Das war's dann ... H.

PS: Schreib nicht zurück, ich brauch keine Lüge, Heuchelei oder Vorwände, warum was nicht wurde! Dein wahres Ich hast du nun gezeigt. Danke für das Geschenk zu Weihnachten und zum neuen Jahr – dank dir wird es nichts mehr geben für mich, aber auch das ist dir einen Scheiß wert und so soll es auch sein.

... Du bist frei von mir, wie deine wahre Mutter geb ich dich nun auch endgültig her.

Frohe Weihnachten – nun hast du alles, was du dir gewünscht und wie du es geplant hattest!!!

6. Die unendliche Suche ... Liebe(r) nicht!

Eines Tages bemerkte er auf einer seiner Reisen, dass seine Augen immerzu das eine suchten. Sie waren ständig, trotz aller Müdigkeit, wach und spähten das Umfeld aus, um genau dieses eine aufzufinden und sogleich ein Signal an das Gehirn, das Herz auszusenden, damit dieses unermessliche Glück für immer festgehalten und nimmermehr losgelassen würde. Die Einsamkeit, die Sehnsucht mussten bald ein jähes Ende finden, bevor der Lebensmut und die eigene Daseinsberechtigung im Tod enden würden – es war am Ende eine Zeitfrage! Würde der Tod schneller sein als die Findung des Glücks?

Mit jedem Moment, der verstrich, stellte er fest, dass die Möglichkeit abnahm, und er befürchtete, dass das Schicksal unbarmherzig zuschlagen würde.

Gab es nichts, was man ändern oder tun konnte? Beten, auf die Knie fallen und betteln?

Das Einzige, was ihm am Ende noch den Willen gab, weiterzugehen, waren seine Träume und die Hoffnung. Zu Beginn seiner Reise waren diese stark und unerschütterlich. Nach und nach nahm deren Kraft ab und mit ihnen entschwanden sicheren Schritts der Lebensmut und der Wille.

Was war sein Leben wert, wenn es ihm nicht vergönnt war, seine Liebe einem Menschen zu schenken? Sich diesem hinzugeben, sich in dessen Augen zu verlieren und in den Armen geborgen zu fühlen?

Diese unermüdliche Suche entzog ihm die Energie. Seine einzigen Begleiter waren seine Augen. Sie unterstützten ihn immer.

...

Meine Augen, danke, dass ihr immer da seid.
Was würde ich tun ohne euch?
Was tue ich euch nur an?
Müde seid ihr meinetwegen, traurig mit mir.
Trost spendet ihr unermüdlich und liebkost mit euren Tränen meine Wangen – wie lange werdet ihr das durchhalten?
Ich bin untröstlich bei dem, was ich euch antu.
Mein Herz versteht es nicht, ich versteh es nicht.
Was würde ich dafür geben, um euch und mir dieses Leid zu nehmen.

7. Yorgun Gözler (türk.)

ah gozlerim ah
ozur dilerim, az cektrimedim size
yoruldunuz aramaktan, aglamaktan
beni beklediniz, yalniz birakmadiniz
acim cok ken
gozyaslarinzla oksa diniz yanaklarimi

gözler, gözler
affedin beni, yiprandiniz benim yuzumden
anlamadi bu kalbim, ben anlamadim
zayif dustum, yenildim

SALZBURG, 01.12.2013

8. Bogaz da yildizlar (türk.)

karanlik istanbulu örtünce
bogaz a yildizlar düser

gökyüzunden günes denize batinca
ay dogar, denizi parlatir

bilmez bu sehir karanlik nedir
Izin vermez aydinligin gitmesine
istanbul, ah be istanbul
bi istirat et

bilmez bu sehir düsmek nedir
izin vermez kayip etmeye
onca savas a direndin, güclendin
o kadar insani ni verdin, büyüdün
istanbul, ah be istanbul
bi istirat et

SALZBURG, 02.12.2013

9. An diesem Abend

An diesem Abend
Hab ich verloren
Und ergeben mich
Alles, was wichtig ist
Und war in meinem Leben

Nach so viel Schmerz
Und noch mehr Leid
Gezwungen, in die Knie zu gehen und aufzugeben

Viele Tränen sind geflossen
Gefühle weggestoßen, nicht angenommen
Die Seele tiefst verletzt
Und hat keine Berechtigung mehr des Seins

Wie oft wurde dieses Herz verletzt
Wie oft hab ich mich gefragt
Wie viel es noch ertragen kann
Nun hab ich die Antwort

Jetzt, da das Ende schnell herbeigeeilt
Das Schicksal vor Neid erbarmungslos zugeschlagen
Kann man sich diesem nur stellen
Und sich richten lassen

10. Du

du bist alles, was ich vermisse
du bist alles, was ich herbeisehne
du bist alles, was ich sehe
egal wie sehr ich meine liebe ausdrücke, es wird was fehlen

mit dir bin ich ein besserer mensch
mit dir existiere ich, lebe ich
ich liebe dich mehr als alles andere auf dieser erde
und das ist die einzige wahrheit

11. Nur dir

für immer
und ewig
wird dieses herz dich lieben
und nur schlagen für dich
einmal
und unendlich
meine seele dir gehören
und nur sein für dich

komm nun
halt meine hand
lass mich nicht
für immer und ewig
gehör ich nur dir

12. Tage und Nächte

So manche Tage und Nächte
Geh ich allein
Und manchmal
Da setze ich mich
Oder knie nieder
So wie zum Gebet

Immerzu stelle ich die gleichen Fragen
Wieder und wieder die gleichen Gedanken
Ständig bete und bitte ich
Doch was passiert
Nichts
Nichts
Nichts

Wieder und wieder setzte ich einen Schritt zurück
Nun will ich zum Abgrund
Runterfallen, stürzen
Mich diesem ergeben

13. Schmetterlinge

In mir fliegen Schmetterlinge wieder
Schon seit langem waren sie nicht mehr
Nun fliegen sie
Bunt und geben Leben

Nur der Gedanke an dich erfüllt mich mit Frieden
Der Traum, deine Hand zu halten, schenkt mir Glück
Wenn ich dich seh, ist meine Freude unermesslich
Du bist der Mensch, den ich sehen möchte, wenn ich alt bin
Wenn du bei mir bist, bin ich der stärkste Mensch auf Erden
Bei dir vergess ich alles und geb mich dir hin
Ich möchte der Berg hinter dir sein
Die Burg, die dich schützt, bis die Mauer fällt
Die Schmetterlinge fliegen jedes Mal, wenn ich dich berühre,
geben meinem Leben Farbe und Bewegung

14. Ich hatte ein Leben

Ein Leben hatte ich
Was ist geblieben
Hatte ich eins
Glaubte ich dran
So wurde ich getäuscht
Nun, da ich erkannt habe
Warum ich bin
Meinen Sinn
Soll ich alles vergessen
Zurück in ein Sein
Was ich nicht bin
Und kann

Ein halbes Leben
Hat's gedauert
Bis ich's erkannt
Womöglich mehr
Nun kann ich nicht
Will auch nicht mehr
Allein sein
Verbringen mit ihr
Bis das Ende
Einholt mich

15. Die eine Chance

Wenn man nur eine Chance im Leben hat,
wenn nur ein einziges Mal das Glück auf die Handfläche gelegt
und gegeben wird,
so sollte man die Chance erhalten, dies auch festzuhalten
und sich an dieses zu klammern und nie wieder loszulassen.

Wenn einem der Sinn seines Lebens vor seinem Angesicht erscheint,
wenn einem sein eigenes Leben nur wert erscheint mit dem Anderen,
so sollte die Möglichkeit gegeben werden, diesen immer in der Nähe
und bei sich zu haben.

Tittmoning, 13.02.2013

16. Das Ende

Am Ende ist's wohl aus
Ich seh's
Ich höre den Überlebenskampf in mir
Deine Worte schmerzen sehr
Ich sterbe
Hättest du es bloß von Anfang an gesagt
Ich gehe
Es macht dir nichts – ich weiß

Dann schließe ich es ein in meinem Herzen
Vergessen und auslöschen werde ich sodann
Es ist doch nur Liebe
Was geht dich das an
Ob ich weine
Mich so sehne nach dir
Dich immer noch liebe
Was geht dich das an
Wenn du das nicht verstehst

Alles war eine Lüge
Hab's nicht bemerkt
Hast es versteckt
Hab's nicht gesehen
Wenn's nicht geht, geht es nicht
Du hast nicht geliebt
Im Schicksal ist geschrieben – Trennung
Konnte es nicht ausradieren
Hab gelernt, wenn auch schwer
Hab's akzeptiert

Dann schließe ich es ein in meinem Herzen
Vergessen und auslöschen werde ich sodann
Es ist doch nur Liebe
Was geht dich das an
Ob ich weine
Mich so sehne nach dir
Dich immer noch liebe
Was geht dich das an
Wenn du das nicht verstehst

17. Die Suche

Am Ende einer langen Zeit streife ich zu später Stund durch die fast einsamen Straßen und versuche, den wenigen Fremden, die auch unterwegs sind, in die Augen zu blicken, um die zu finden, die ich vermisse. Die Tiefe zu sehen, in welche ich mich verliere und der ich mich ergebe – aber ich finde sie nicht!

Die Suche reibt mich auf und mit jedem noch so winzigen Moment nimmt es mir immer mehr die Luft zum Atmen und zwingt mich mehr und mehr in die Knie.

Erschöpft setze ich mich auf eine der vielen einsamen Bänke und falle nach vorne, weil die Kraft, aufrecht zu sitzen, nicht geblieben ist. Gerade so schaffe ich es, mit den Armen und Händen den Kopf zu stützen.

Mit den Erinnerungen kommt der Schmerz, mit den Gefühlen die Tränen.
  Es hilft nichts, red ich mir ein. Du bist es nicht und wirst nie sein. Aber mein nutzloses Herz hört nicht, meine Seele versteht es nicht.
Langsam und sicheren Schritts geht es zu Ende. Was kann sich ein Mensch wünschen in solch einem Moment? Dass es schnell geht, langsamer, oder dass einem Gleichgültigkeit geschenkt wird?

Ich stell mir deine Augen vor. Die Tiefe, in die ich mich fallen lassen hab und aus der ich nie wieder rauskommen werde – festgefangen und einsam. Dennoch fühl ich mich wohl.

18. Träume

Jede Nacht, wenn ich schlafe, träume ich. Ich träume immerzu, dass ich es nicht geschafft habe, nicht alles gegeben und deshalb alles verloren.

Im Anschluss, wenn ich wach und benommen daliege, merke ich, dass es nicht nur ein Traum war. Hilflos, machtlos und verzweifelt. Ein in der Ecke sich versteckendes Kind. Klein und zusammengebrochen. Weinend und schluchzend ohne die Chance, dass jemand seine Hand nimmt. Die Arme um die angewinkelten Beine gegriffen, ja so fest, dass der Blutfluss unterbrochen wird.

19. Komm und sehe mich

Vor der Liebe
Hilflos
Vor ihr
Ohnmächtig

Komm und sehe mich
Was die Liebe gemacht aus mir
Komm nun
Welch ein Elend
Sieh
Ein Niemand, ein Nichts

20. Wenn ein Herz bricht

Zusammen waren wir
Viel Zeit haben wir verbracht
Gefühle und
Zärtlichkeit haben wir erlebt

Mit einem Mal ist alles vorüber
Warum?
Alles ein Spiel oder gespielt?
Alles ein Traum und jetzt ein Alptraum?

Was habe ich bedeutet?
Nichts ...

Es brodelt und kocht in mir
Angst und Furcht sind ganz dicht mit mir
Mein scheiß Herz bricht auf jedes Mal
Meine Augen hören nicht auf zu weinen
Mir ist ständig kalt und mich friert

Was habe ich bedeutet?
Nichts ...
Wer bin ich?
Niemand ...

21. Der Fluss

Der Mensch ist wie ein Fluss
Man sieht nur seine Oberfläche
Was in seiner Tiefe steckt, gibt er nicht preis
Was in seiner Seele los ist, ebenfalls
Und fließt leise und still dahin
Mit ihm seine Träume, Wünsche, Schmerzen und Leid …

22. Der Blick

Ein Blick und es erfüllt mich
Und schmerzt sogleich
Ein Wort und es beflügelt
Und lässt mich abstürzen
Eine Berührung ist wie ein Traum
Und weckt Alpträume in mir

23. Das Kind in mir

Ich kann nicht und weiß nicht richtig zu gewinnen
Verlieren kenne ich dafür sehr gut
Und ich hab Angst, erneut zu verlieren ...
Das kleine Kind in mir sitzt zusammengekrümmt und zitternd in der Ecke
Und versteckt sich vor dem Verlust

24. Wach

Ich liege
Wach
Schon lang schlaflos

Ich liege
Seit langem
Schlaflos und wach
Dreh mich
Von links nach rechts
Rechts nach links

Ein Gedanke
Unaufhörlich
In meinem Kopf
Unfähig
Einen anderen zu fassen

25. Das Begräbnis I

1. Teil: Die Bestattung

Hoch auf seinen Schultern
Weint er
Er trauert und denkt nur warum

Herablassen tief
Wo niemand mehr sehen kann
Aufgelöst und verloren kniet er hin

Nie mehr sehen
Nie mehr ein Treffen
Hilflos schaut er

Schippe um Schippe
Wird zugedeckt und am Ende verschwunden
Die Trauer nimmt ihm die Luft

Kalt und feucht ist es unten
Weit, unerreichbar und weggerissen
Ein Leben lang waren sie zusammen
Warum – denkt er

… musste ich länger leben und wie allein weiter

26. Das Begräbnis II

2. Teil: Die Trauer

Kalt ist der Stein
Kühl ist es tief
Der Schmerz ist unermesslich groß in ihm und nicht mehr zu ertragen

Dunkel ist es unten
Ohne Licht
Angst in der Dunkelheit hat er

In seiner Straße
Läuft er auf und ab
Für immer allein, für immer verlassen

Mit jedem Schritt
Mit jedem Moment schwindet die Kraft
Es tut weh und das Herz brennt
Das Atmen fällt schwer

Nach einer Weile
Der letzte Schritt
Er fällt auf die Knie mit seiner Liebe und seinem Traum

Er hält fest, so gut es geht
Es rinnt ihm aus der Hand
Verzweifelt und hilflos ist er
Voller Angst, nun auch die Hoffnung zu begraben

Machtlos und erlegen
Mit Trauer umgeben
Der letzte Kampf scheint verloren

27. Das Begräbnis III

3. Teil: Der Tod

Zu Grabe tragen musste er
Seinen Traum
Beerdigen tief in der Erde

Abschied nehmen musste er
Von seiner Hoffnung
Verbrennen und verstreuen

Warum muss man überleben seinen Traum
Der mit einem aufwuchs und einen stets begleitet
Warum muss man zusehen
Wie die Hoffnung langsam und sicheren Schrittes stirbt

So verweilt er unverdient weiter auf Erden
Ohne Liebe, ohne Leben
Mit Sehnsucht nach dem Tag, der ihn erlöst
Und der letzten Hoffnung, dass es bald geschehe

Bis dahin wird er besuchen jeden Tag
Das Grab und sich erinnern an das

… Begräbnis

28. Für immer

Für immer
Und ewig
Wird dieses Herz dich lieben
Und nur schlagen für dich
Einmal
Und unendlich
Meine Seele dir gehören
Und nur sein für dich

Komm nun
Halt meine Hand
Lass mich nicht
Für immer und ewig
Gehör Ich nur dir

29. Der Wunsch

Ich falle und falle
Tief und tiefer ins Dunkel
Wo bist du nur
Wann kommst du
Und fängst mich

Ich weiß, dieser Tag
Dieser eine Moment wird nicht kommen

Ich gebe auf
Lass mich fallen
Und die Hoffnung, dich zu sehen
Ist erloschen
Geblieben ist ein Wunsch
Mein letzter Wunsch

Ich hoffe
Ich schlage bald auf
Und das Leben wird diesem Körper entrissen
Und mit ihm all die Gedanken an dich

TITTMONING, 06.02.2015

30. Die Traummörderin

Eine Geschichte, 29.01.2015

I.

Das Leben sollte für mich erst im fortgeschrittenen Alter beginnen. Träume sollten geweckt werden, von denen ich nie geahnt hätte, dass es sie je für mich geben würde, und Gefühle, die sich wie bunte Blumenfelder entfalten.

Mein Leben begann an dem Tag, als ich sie sah, und eines war in jenem Moment gewiss. Mit ihr würde es enden.

II.

An jenem Tag hatten alle das Glück, dass der Himmel nicht mit einer Wolke verunstaltet wurde und die Luft zum Atmen einfach nur klar und angenehm war. Der Fluss lag still in seinem Bett und ruhte friedlich.

Wie an so manchen Tagen, so auch an diesem, machte ich mich auf den Weg zu einem Cappuccino in meinem Lieblingscafé.

Das Ambiente war weder modern noch rustikal, aber angenehm und das Café immer sehr gut besucht. Gerade in den frühen Stunden war es etwas ruhiger, sodass man sich mit anderen unterhalten konnte, ohne zu schreien und im Anschluss heiser zu sein – wobei ich immer allein saß und mir dies recht wenig ausmachte, bis auf die Tatsache, dass die Lautstärke stetig zunahm. Die Gäste begannen einen Wettstreit, so glaubte ich, weil sie sich überbieten wollten in ihrem Wunsch, gute Gespräche zu führen und zu zeigen, wie zufrieden sie waren und wie viel Spaß sie hatten. Dabei konnte man beobachten, wie sie ständig ihre Blicke auf die anderen Gäste richteten und nicht auf jenen, der ihnen gegenübersaß.

III.

Der erste Blick, das erste Zusammentreffen der Augen nahm mich in Besitz und ich konnte mich weder wegdrehen noch meinen Blick abwenden. Ich wurde nervös und erste Hitzewellen stiegen vom Körper in meinen Kopf, oder besser: in mein Gesicht. Ich möchte nicht wissen, wie rot ich in diesem Moment war. Meine Ohren glühten und auf meiner Stirn bildeten sich Schweißperlen.

Schlussendlich erkämpfte ich gegen meinen Körper das Absenken meines Kopfes und blickte zur Tasse vor mir auf dem Tisch.

Immer und immer wieder schaute ich heimlich rüber, sodass es unbemerkt blieb – so dachte ich zumindest.

Mein größter Fehler war, dass ich bereits meine Rechnung bestellt hatte. Als die Bedienung sich zwischen mich und sie stellte und mir das Stück Thermopapier überreichte, musste ich sie erst mal fragen, was sie von mir wolle.

Es gab keinen Ausweg, ich zahlte und nahm einen Schluck aus der Tasse, obwohl nichts mehr drin war.

Mit großer Verzweiflung streifte ich mir meine Bikerjacke aus Leder über und schaute ihr wieder tief in die Augen, und alles um mich, alles um sie entschwand und nur sie, nur ich waren zugegen.

„Bis demnächst", sagte eine Stimme. Es war die Bedienung, die das kleine Zeitfenster schloss.

IV.

Im Vorbeigehen erhaschte ich nochmals ihren Blick und es flößte mir eine unbeschreibbare Wärme ein – und machte mich unglücklich, weil ich es wieder mal nicht fertiggebracht hatte, eine Dame anzusprechen, die Dame anzusprechen.

Kopflos irrte ich umher in der Shoppingmall und auf den Straßen.

Bevor ich nach Hause ging, wollte ich noch eine Kleinigkeit aus dem Lebensmittelgeschäft holen.

Da stand sie!

V. ...

...

31. Der Morgen soll nicht sterben

Eine Erzählung in 12 Kapiteln

1. Kapitel

Der Anblick, der sich mir darbietet, während die Landschaft ihre Schönheit aufstolzieren lässt, betäubt die Sinne und raubt mir den Atem.

2. Kapitel

Die unzähligen Menschen, diese unterschiedlichen Charaktere und das Aussehen. Unfassbar, was diese Welt hervorgebracht hat.

3. Kapitel

Die Vielzahl der Möglichkeiten, die man hat auf dem Blauen Planeten, kann nicht aufgezählt werden. Eine unendliche Entdeckungsreise, auf die man sich bei der Geburt begibt.

4. Kapitel

So viele Geheimnisse, die geborgen werden und die nie zum Vorschein kommen werden. Die ewige Suche, die Suche nach Erklärungen und Verstehen.

5. Kapitel

Das Wunder der Geburt, der Unbekannte Tod, die Wunder der Liebe, Hoffnungen, die in einem zum Leben erweckt und auch erstickt werden.

6. Kapitel

Unbeschreibbare Gefühle, die uns Energie einflößen und diese rauben. Träume, die uns stetig begleiten, im Schlaf, aber auch am Tage. Träume, die uns anspornen oder zu Alpträumen werden und das Leben in uns aussaugen.

7. Kapitel

Die Einsamkeit, obwohl wir nie allein sind. Nie zufrieden, ohne Wertschätzung des Lebens.

8. Kapitel

Die vielen Tage und die Nächte, die man zusammen oder allein erlebt hat. Die Sonnenaufgänge, Vollmonde und die Blicke ins All, in die unendliche Ferne.

9. Kapitel

Menschen, die einem mehr wert sind als das eigene Leben, für die man sterben würde, ohne einen Gedanken zu verschwenden.

10. Kapitel

Die Liebe, die in einem geboren, mit der Zeit großgezogen und erwachsen wird und – wenn man das Glück hat – nach einem stirbt.

11. Kapitel

Das wundersame Leben, das durch einen entsteht, blüht und gedeiht. Das neu geschaffene löst das alte ab.

12. Kapitel

Der Tod, der immer zugegen ist. Der uns bei der Geburt an der Hand nimmt und nicht loslässt. Der Begleiter, der uns nicht allein lässt.
Wie schön ist das Leben.
Bitte, bitte, der Morgen soll nicht sterben.

32. Ist das Leben nicht schön ?

Eine kurze Erzählung von Haci H. Polat, 25.01.2015

Mit jedem Wimpernschlag heraus aus dem Dunkeln, der Blick hinaus in die Unendlichkeit des Tages gerichtet, und auch die Nacht flößt mir Energie ein. Ein wunderbares Gefühl, das sich in mir breitmacht.

Die unzähligen Schönheiten, auf die man im Leben trifft, lassen die Quelle der Gefühle sprießen. Mit ihnen werden die Träume geweckt und Hoffnungen geboren, die uns am Leben festhalten lassen und dieses unbeschreibbar schön erscheinen lassen.

Ist das Leben nicht schön?

33. Stumme Briefe

Heute wäre für mich ein sehr schöner, besonderer Tag und Moment gewesen. Dein Geburtstag.

Ich wünschte, ich könnte dir meine Liebe und Zuneigung zeigen. Was du mir bedeutest, dieser Tag mir bedeutet. Es ist nicht beschreibbar. Der Tag deiner Geburt ist der Tag, an dem ich leben werde, eines Tages. Der Grund meines Seins.

34. Mein Kampf

Ich renne ständig dagegen an. Lasse nichts, absolut nichts unversucht, mich zu befreien.

All die Energie in mir setze ich ein. Zerbreche mir den Kopf in jeder freien Minute, wie ich dem entkomme.

Ich wehre mich und setze meine Kraft ein, um die Klammern loszuwerden und mich zu befreien. Aussichtslos.
Umso mehr ich es versuche, desto mehr fahren die Krallen zusammen und bohren sich in die Tiefen meines Herzens.

Ich laufe weg, bis ich die Luft nicht mehr habe, so schnell die Füße tragen. Ein Entkommen unmöglich. Auf Schritt und Tritt lässt es nicht ab von mir.

Ich weine, ich bete. Zwecklos! Es wird nicht gehört. Ich schreie vor Verzweiflung und rufe, es verhallt und verstummt.

Es raubt mir den Verstand, den Schlaf und drängt mich in die Ecke, wo ich zusammengekrümmt wie ein kleines Kind vor Angst mich verkrieche.

Der Kampf, mein Kampf war verloren, noch bevor ich ihn begann. Das Schicksal hatte sich sein Opfer schon viel früher ausgesucht. Ohne Erbarmen befiel es mich und verfolgte mich. Dieser Kampf brachte mich dazu, mich hinter dem Graben zu verstecken, und ließ nichts an mich heran, es ließ mich innerlich verhungern. Meine Waffen, die Liebe, Hoffnung und die Träume, wurden nach und nach vernichtet.

Da war ich nun in meinem Graben. Den Kampf, meinen Kampf verloren, und nun sollte dieser auch mein Grab werden.

Lebe wohl meine Liebe, meine Liebe, die ich nicht kennenlernen durfte.

Frankfurt-Salzburg, 18.01.2015

35. Der letzte Ausweg

Am Ende eines scheinbar viel zu kurzen Lebens denke ich, der Tod lässt zu lange auf sich warten.

Ich bin allein und fühle die Leere in mir und um mich. Was hab ich hier noch zu suchen, warum bin ich noch und wie lang soll ich mir das noch zumuten?

Den Wurzeln entrissen, bin ich nicht imstande und halte es für unmöglich, mich nochmals zu binden und neu zu gedeihen. Verwelkt wie eine Blume. Ein Fluss, der ausgetrocknet ist und dessen Bett nie wieder das Heim für einen Fluss sein darf. Niemand wird es aufsuchen, eine Quelle des Todes, das weder Heim sein kann noch Leben geben und erhalten kann – selbst bin ich lebendig begraben.

Einsam nimmt man das Schöne getrübt oder erst gar nicht wahr. Das Leben, das nicht geteilt wird, ist zu leben nicht wert.

Ein Kampf gegen das Schicksal scheint aussichtslos, die Hoffnungen und Träume werden begraben, noch bevor ich meinen Platz einnehme. Die Augen erschöpft, der Geist ausgebrannt und die Seele ausverkauft.

Mein Herz längst trocken. Wie die Wüste ein unüberwindbares Meer an Sand und Stürmen. Mit einem Unterschied! Es gibt die Oasen nicht.

Ein Gefangener der Sehnsucht, ein Knecht der Liebe.

Nun warte ich auf den Moment. Wer hätte das gedacht, dass die letzte Hoffnung, der letzte Traum und die Sehnsucht die des Todes sein würden.

Es ist der letzte Ausweg.

Frankfurt am Main, 18.01.2015

36. Das letzte Mal – das Ende!

Eine kurze Überlegung.

Was wäre, wenn heute das letzte Mal wäre?

Die letzten Sätze gesprochen.
Der letzte Blick in die Augen.
Die letzten Worte, die man niedergeschrieben hat, ob auf Papier oder elektronisch.

Was wäre, wenn man gehen muss, obwohl man noch so vieles vorhatte, so viel noch teilen mochte?

Das Ende ist selten fair, weder zu dem, der geht, noch zu denen, die bleiben.

Was bleibt zurück? Wie lange bleibt man erhalten?

Frankfurt am Main, 18.01.2015

37. Das Geschwür

Es ist schlimm. Schrecklich.

Der Schmerz und die Hoffnungslosigkeit nicht zum Aushalten und zu überstehen.

Die Sinne außer Kontrolle, umhüllt und bedeckt durch das Negative.

Wie ein Krebsgeschwür hast du dich eingebettet, tief im Herzen, und deine Metastasen in jeden Winkel meines Körpers entsandt.

Ein Entkommen ist nicht möglich.

Hilfe sinnlos, zu spät.

Das Geschwür frisst mich auf und zerstört meinen Körper und meine Seele. Der Geist nur noch ein Schatten seiner selbst und unfähig, noch Gedanken zu fassen, an andere zu denken oder zu lieben.

So verkomme und vegetiere ich dahin. Der Tod, um diesem zu entkommen, ist die Erlösung.

SALZBURG, 17.01.2015

38. Der blonde Engel

Eine Kurzgeschichte für F. S. von Haci H. Polat

Mit ihrem lieblichen Wesen entriss sie mich aus dem Dunkel des Grabes, wo ich mich lebendig begraben hatte. In einer Zeit, wo die Hoffnung längst erloschen und die Träume durch die Tiefen der Dunkelheit verschluckt worden waren.

Das kleine Licht, das sie mir schenkte, wuchs stetig in meinem Herzen, bis es eine Sonne wurde und mir Wärme und Geborgenheit gab.

Aus dem Labyrinth und den Irrwegen des Lebens war ich unfähig, selbst rauszufinden. Sie führte mich und alles wurde eine Gerade, auf der ich mich hinausbewegte, keine Einbahnstraße und kein Abgrund mehr.

Meine Augen konnten sich ausruhen. Sie mussten weder Trost spenden noch über mich wachen oder ständig suchen.

Der Schmerz in meinem Herzen nahm langsam und sicher ab. Die Narben blieben als Erinnerung zurück.

Die Liebe, die sie schenkte, war nicht beschreibbar und vollendet. Sie gab mehr, als sie bekam.

Mit ihrem goldenen Haar sah sie im Antlitz der Sonne aus wie ein blonder Engel – mein Engel.

39. Eine kurze Weihnachtsgeschichte von Haci H. Polat

1. Lichter der Großstadt

Eine Träne glänzt in verschiedenen Farben im Dunkeln und in ihr spiegeln sich die Lichter der Großstadt. Farbenfroh und voller Leben – aber dem ist nicht so. Es ist wie das wahre Leben, alles eine Täuschung, gespielt und Betrug, so weit das Auge reicht.

Der Mensch und mit ihm seine Gefühle, Träume und die Hoffnung rücksichtslos erstickt.

2. Eine Armee der Tränen

Aus einer Träne wurde eine Armee und wie ein reißender Fluss bahnten sie sich unaufhaltsam den Weg abwärts über die Wangen hinab zum Hals, ehe sie durch das dünne T-Shirt unter dem Mantel aufgesogen wurden.

3. Die Hilflosigkeit

Der Abschied war schmerzhaft. In vollem Bewusstsein des Erkennens, dass das Leben nun gemeinsam nicht mehr sein konnte, wurde der Lebenswille entrissen. Der Boden unter den Füßen wurde weggerissen und es klaffte eine Schlucht, deren Ende man nicht sehen konnte. Man fiel, man betete trotz der Gewissheit, dass es keinen Weg zurück gab. Trost gab es nicht. Menschen, denen man sich öffnen wollte, gab es nicht. Sie sollten es nicht wissen. Es sollten sich nicht Weitere Gedanken machen. Es war der eigene Kampf, die eigene Niederlage, die Hilfslosigkeit, der man sich stellte.

4. Der Überlebenskampf

Unzählige Nächte ohne Schlaf. Am Tage die Sinne betäubt und außer Stande, das Umfeld wahrzunehmen. Leben gab es nicht – abgetaucht. Ein Überlebenskampf, der begonnen hatte, und ein Kampf, der nicht gewonnen werden konnte. Lebendig begraben. In einem Sarg lebend begraben. Und der Versuch rauszukommen. Bei jeder Bewegung und jedem Schrei wurde spürbar, wie der Sauerstoff ausging und die Schlinge sich fester und fester zuzog. Eingeschlossen in der Dunkelheit, weit jeden Blickes, fern von jedem Gehör.

5. ... einfach weg

Rücksichtslos, ohne Gedanken und mit all den Lügen war sie weg. Ein Spiel, eine Täuschung, gefühllos wurde ein Schluss gezogen.

6. Der Engel mit dem goldenen Haar

Zusehens war die Lebenssubstanz aufgebraucht und als scheinbar der letzte Schritt vollzogen werden sollte, an den vorweihnachtlichen Tagen, um sich endgültig den Hang hinabzustürzen, kam sie.
    Ein Mensch, der nicht auf dem Plan stand, mit dem man nicht gerechnet hatte. Mit ihrem goldglänzenden Haar war sie der

Engel, mein Engel, der den Weg weisen sollte aus der Dunkelheit heraus.

7. ...

40. When this song ends, I will die

With the look in your eyes
My love is born
From day to day it grows
My love never ends

Now this evening, this night
This song ends
And I will die

This is the day
Which I was afraid of
When this song ends, I will die

41. Die richtige Nacht zum Sterben

Heute, in diesem Moment könnte ich sterben
Wen würde es interessieren
Wem Schmerzen bereiten

Heute, in dieser Nacht könnte ich Abschied nehmen
Wer würde mich aufhalten
Wer würde Halt sagen, sich mir in den Weg stellen

Heute, heute ist der richtige Tag zum Sterben

42. Der Traum

Eine Geschichte über den Tod der Hoffnung
von Haci H. Polat

1. Kapitel: Der Fall

Komm und kehr nicht zurück, sagte ich mir und überstimmte damit das Verlangen meines Herzens, die Stimmen in meiner Seele.

Ich war bereit. Bereit, jedes Mal Schmerz unermesslichen Ausmaßes zu ertragen, bei jedem Gedanken an sie.

Ich stellte mich der Herausforderung, nicht zu weinen, wenn ich an ihre Augen denken und mich dieser Sehnsucht ergeben musste.

Es geht und ging nicht – der zugefügte Schmerz war groß und ließ keinen Ausweg zu. Es war eine Einbahnstraße, wo weder eine Kehrtwende noch eine Rückfahrt möglich war. Diese Straße führt zu einem Abgrund. Unendlich tief, das Ende nicht sichtbar und dunkel.

Ich? Bereits im Fall.

2. Kapitel: Die Last

Die Last. Die Last, die sich in meinem Körper türmt, passt nicht mehr hinein. Bis in alle Bereiche vorgedrungen, sitzt es tief und fest und wird größer.

Ein Geschwür, das sich festgesetzt und nicht losgelassen hat und nie loslassen wird.

All die Trauer, die Schmerzen und die nicht erfüllten Sehnsüchte werden begleitet durch die Suche. Die Suche nach ihr.

3. Kapitel: Der Traum

In mir wurde durch die Träume die Liebe vollendet. Mit jedem bist du gewachsen und hast mich eingenommen, Besitz ergriffen hast du.
    Jeder Gedanke löst ein Flammenmeer in mir aus. Nichts vermag dies zu löschen. Nur du, du allein kannst es.

Mit jedem Moment, der verstrich, jedem Tag, der dahinging, wurde aus einem Traum ein Alptraum und die Gewissheit baute sich vor mir auf wie eine Wand. Ein Hindernis, welches nicht überwindbar war.

Der Traum hat mich auf den Beinen gehalten, Lebenswillen eingehaucht.

Nun wird mir der Boden unter den Füßen weggezogen.

4. Kapitel: Die Liebe

Wie ein kleiner Junge hab ich geliebt und es wuchs nicht nur die Liebe. Auch ich wurde größer. Unschuldig und rein war die Liebe in mir. Wie gern wäre ich doch nur ein Kind geblieben, um zu vermeiden und nicht zu sehen das Ende.

Ist das gerecht, ist das der Sinn des Lebens? Schmerz zu erleiden und sein Glück und Leben gehen zu sehen?
Wie ein Kind bin ich weinend hinterhergelaufen. Ich habe geschrien, bis ich keinen Ton mehr rausbrachte. Angst hatte ich immer und immer wieder und hab mich zusammengekrochen in den Ecken.
Nun bin ich zusammengebrochen. Auf den Knien und schau, ob sie nicht zurückkommt.
Die Verzweiflung war groß.
Die Hoffnung wurde unbarmherzig und unwiderrufbar zerstört.

Ich hab dich vermisst, obwohl du bei mir warst ...
Ich bin gestorben für dich ...
Das warst du für mich.

Meine Liebe, mein Leben.

5. Kapitel: Die Narbe

Diese unerfüllte Liebe, diese Schmerzen haben tiefe Wunden hinterlassen. Mit der Zeit werden diese heilen und das Leben, was geblieben, wird fortgesetzt, ohne das Bindeglied zur Glückseligkeit.

Was zurückbleibt, sind die tiefen Narben.

43. Das Ende – ein Abschied!

Es war alles nur ein Spiel, zu einem Moment und in einem Zeitfenster, in dem wir uns beide zufällig befanden. Alles war nur eine Lüge und nur eine einzige Heuchelei. Es wird klar, warum du kein Treffen mehr mochtest und es keine Möglichkeiten gab. Ich hatte selbst gesagt, dass ich Angst habe zu fragen, weil nur noch alles verneint wurde oder du dich nur geärgert hast oder genervt warst – nun weiß ich, warum. Nun ist es klar! Das Kind oder das Vorhaben fiel mit Sicherheit in den Zeitraum – 100%!!! Alles wurde provoziert, was zu erwarten war, bis hin, dass ich erstmals ein Geschenk zurückgeben musste – DU hast es veranlasst! Du hast mich belogen. Lüge und Heuchelei, das sind deine ethischen und moralischen Werte. Bei mir war ebenfalls alles nicht rosig, aber ich habe Rücksicht genommen, an deine, an seine Situation gedacht. Ich habe Zeit gelassen, ich habe gekämpft und mich demütigen lassen – alles für dich, alles für etwas Wunderbares, was es hätte sein können. Vergebens. Umsonst. Nun geh dahin und kümmere dich um das, was du wolltest, und nicht um einen, den du selbst getötet hast – was du nicht getan hast! Es war klar und ich hab's nicht erkannt, das ist meine Schuld. Wenn ich wichtig gewesen wäre hättest du dich gemeldet! Du hättest dich nie gemeldet, und das ohne Abschied! Das bist du – rücksichtslos, herzlos und ohne Gewissen. Mein Vergehen ist die unendliche Liebe zu dir. Du hast mir die Luft genommen, mein Leben zerstört! Du hast umgebracht meine Träume, meine Hoffnungen, meine Liebe und die Seele in mir – mich hast du auf dem Gewissen.

Wenn der Tag kommt und einer deiner Liebsten plötzlich aus dem Leben scheidet – denk an mich und du wirst wissen, was ich nun fühle! Addiere aber zum Verlust die unermessliche Enttäuschung hinzu. Deine Haut wird brennen, du wirst nicht fähig sein zu denken, es wird so sein, dass du nicht wissen wirst, was du fühlen sollst! Es gibt so viel, was ich noch sagen würde, aber mein scheiß wertloses Herz lässt es nicht zu, weil es gebunden ist. Drum … Das war's dann…

PS: Schreib nicht zurück, ich brauch keine Lüge, Heuchelei oder Vorwände, warum was nicht wurde! Dein wahres Ich hast du nun gezeigt. Danke für das Geschenk zu Weihnachten und zum neuen Jahr – dank dir wird es nichts mehr geben für mich, aber auch das ist dir einen Scheiß wert und so soll es auch sein.

… Du bist frei von mir, wie deine wahre Mutter geb ich dich nun auch endgültig her.

Frohe Weihnachten – nun hast du alles, was du dir gewünscht und wie du es geplant hattest!!!

44. Das kranke Herz

Eine kurze Erzählung

1. Stillstand

Die Augen sind geöffnet, wenn das Herz aufhört zu schlagen und für immer stillstehen wird.

2. Die letzte Erinnerung

Vor seinen Augen läuft der letzte Film ab. Er streichelt ihr über die Wange, vorsichtig und voller Angst um die zarte Haut. In den Tiefen ihrer dunklen Augen lässt er sich fallen.

3. Vollkommenheit der Liebe

Mit jedem Tag und jedem noch so kurzen Zeitfragment wurde ihm klar, dass nichts mehr so sein würde, wie es war. Die Liebe wuchs in ihm und mit ihr er selbst. Er war bereit, sein Leben hinter das eines anderen, ihres, zu stellen. Für sie würde er sterben. Ihr gehörte dieses Leben, was bis zu diesem Zeitpunkt wenig wert und scheinbar nutzlos schien.

Mit ihr waren er und die Liebe vollkommen, rein und frei von Schuld.

4. Ein unvergesslicher Moment – wo die Unendlichkeit der Liebe begann

Er fuhr überpünktlich los, um nicht zu spät zu kommen und getrieben von Angst, auch nur einen Moment mit ihr verpassen zu können.

Sehnsucht, Freude und die Ungeduld begleiteten ihn bei seinem unermüdlichen Marsch auf dem Bahngleis.

Als der Zug einfuhr und sie schließlich ausstieg und auf ihn zukam, konnte er sich nicht bewegen und alles um ihn herum löste sich auf. Nur sie, nur er waren da.

Es erfüllte sein Herz mit Wärme, überwältigt und umschlungen von allem Glück der Erde.

Er liebte sie, nur sie.

Am Abend lag sie in seinen Armen und überwältigt von den Gefühlen weinte er. Die erste Träne, die seine Wange hinablief, schenkte er ihr und legte sie vorsichtig von seiner auf ihre unbeschreiblich schöne Wange.

5. Die Eifersucht des Schicksals

Unbarmherzig, rücksichtslos, ohne Rast versuchte und schaffte es das Schicksal, sie ihm zu entreißen. Getrieben von Eifersucht schlug es zu.

6. Die Trennung

Im Winter wurde ihm seine einzige Liebe und sein Sinn fürs Leben, seine Daseinsberechtigung entrissen.

Schmerz, Trauer, die Wucht der Hoffnungslosigkeit und der Verzweiflung nahmen ihn ein.

7. Das kranke Herz

Mit jedem Tag schwand seine Kraft, bis schließlich die Träume nicht mehr zu Besuch kamen und die Hoffnung starb.
Das Herz war schwach geworden und das Ende nah.

8. Die erschöpften Augen

Er blickte in den Spiegel und sah, wie müde seine Augen waren. Erschöpft. Sie konnten nicht schlafen, weil sie über ihn wachen und immerzu mit den Tränen Trost spenden mussten.

Er sagte, sie müssen sich keine Sorgen mehr machen. Nie wieder ihn beschützen, mit ihm trauern, nicht mehr Ausschau halten nach ihr. Das Ende naht.

ENDE

45. Die richtige Nacht zum Sterben II

Mit Ergänzungen von Janine Will am 19.08.2014

Heute, in diesem Moment könnte ich sterben.
Wen würde es interessieren?
Wem Schmerzen bereiten?

Heute, in dieser Nacht könnte ich Abschied nehmen.
Wer würde mich aufhalten?
Wer würde Halt sagen, sich mir in den Weg stellen?

Sie wäre da, meine Frau, sie würde mir stützend die Hände reichen, mich schützend in ihre Arme nehmen.

Sie wäre da, meine Familie, welche mir Halt und Kraft spendet und im Gegenzug nie etwas von mir fordert.

Sie wären da, meine Freunde, auf die ich immer bauen kann, weil sie mich nehmen, wie ich bin.

Sie wäre da, meine Kraft, mein Wille, mein ungebrochener Geist zu leben, leben, leben.

46. Der letzte Geburtstag

Heute merke ich schmerzhaft, was fehlt. Trotz Familie, Freunden und vieler anderer wichtiger Menschen, die bei mir sind und Glückwünsche aussprechen oder mir diese mit diversen Medien zukommen lassen.
Es fehlt jemand.
Ein Mensch, der unermesslich wichtig ist, dessen Gegenwart meinem Leben Leben einhaucht und einen Sinn gibt.
Die, die Nähe, Frieden und Ruhe schenkt.
Der Anblick, der mir die Glückseligkeit gibt.

In mir brennt es lichterloh und nichts auf der Welt vermag dies zu bekämpfen.
Keine Kraft, kann nicht aufhalten das Erlöschen meines Lebenswillens.
Keine Tränen sind mehr vorhanden, um mich zu trösten.
Die Hoffnung hat Abschied genommen und mich verlassen.
Nun ist mir klar geworden …
es war der letzte Geburtstag.

Liebe und Sehnsucht geben Kraft.
Kann die Sehnsucht nicht erfüllt und die Liebe nicht erwidert werden, ist ein Leben ausgelöscht.

47. Du hast dich verändert

Schau
Was ist aus dir geworden
Verändert hast du dich
Ein Schatten
Eine Gestalt der Trauer und des Selbstmitleids
Wo ist der starke, selbstbewusste Mann

Du hast dich verändert ...

Warum hast du dein Lächeln verbannt aus deinem Gesicht
Wieso hast du verstoßen den Glanz deiner Augen
Dein Mut, deine Energie
Sag, wer konnte es dir nehmen, wer dir antun

Du hast dich verändert ...

Deine Augen sind traurig und müde
Die Schultern hängen, die Kraft genommen
Gibt es nichts, alter Freund
Ich mach mir Sorgen, bin ratlos

Du hast dich verändert ...

48. Der Himmel

Wie kann man vergessen diesen Himmel
Verlieren dein bildhübsches Gesicht
Schritt für Schritt
Was wird mir bleiben
Wenn ich zurückblick

Welke ich Tag und Nacht
Wenn meine Sonne nicht scheint
Schritt für Schritt
Was wird mir bleiben
Wenn ich zurückblick

Vergiftet sind meine Lippen
Wie geweint als Kind
Schritt für Schritt
Was wird mir bleiben
Wenn ich zurückblick

Schau, was geblieben ist in meinen Händen
Ich sterbe, du lachst nicht
Mit jedem Schritt tiefer
Ich sterbe

Schau, was geblieben ist in meinen Händen
Ich sterbe, du lachst nicht
Mit jedem Schritt tiefer
Ich sterbe

49. Wie kann dieses Herz vergessen

Auch wenn Jahre vergehen
Wie kann dieses Herz dich vergessen
Wie kann dieses Herz dich vergessen
Kann mein Herz dich vergessen

Keine Bedeutung haben all die Worte
Die Nächte ohne dich
Die Jahre, die man erleben wird
Wie kann dieses Herz dich vergessen

Du warst so anders
Ohne es zu wissen, hast du Besitz ergriffen
Hast mich genommen von mir

Wie kann dieses Herz dich vergessen
Wie kann dieses Herz dich vergessen
Kann mein Herz dich vergessen

Du hast mir die Liebe gegeben
Und später genommen und bist gegangen
Unsere Wege sind unterschiedlich, sagtest du
Wie kann dieses Herz dich vergessen

Waren doch meine Träume anders
Plötzlich und mit einem Mal waren sie ausgeträumt
Es gab doch noch viel zu erleben
Wie kann dieses Herz dich vergessen

Jede Nacht auf meinem Kissen
Friere ich ohne dich
Lebe ich einsam
Wie kann dieses Herz dich vergessen

Du warst so anders
Ohne es zu wissen, hast du Besitz ergriffen
Hast mich genommen von mir

Wie kann dieses Herz dich vergessen
Wie kann dieses Herz dich vergessen
Kann mein Herz dich vergessen

Tittmoning, 13.02.2013

50. Die Vorweihnacht

Am Ende eines wieder mal viel zu kurzen Jahres kam einher die vorweihnachtliche Zeit und mit ihr der Stress.
Die Kaufhäuser verzeichneten mehr Besucher und auf den Straßen lag der Geruch gebrannter Mandeln.
Mit jedem Augenblick und Tag, den man näher kam dem Heiligabend, gewann Hektik die Oberhand und mit ihr die Hilflosigkeit derer, welche ein besonderes Geschenk machen wollten ihren Liebsten, und die Angst nahm zu, wieder sinnlose Geschenke kaufen zu müssen.
Es gab aber auch diejenigen, die sich nur selbst eine friedvolle Zeit herbeisehnten. Deren Hoffnung und Wunsch es war, mit den Menschen gemeinsam zu sein, die man doch so sehr liebte.

Er überlegte sich, wie die Weihnachtszeit allein und einsam dieses Jahr vonstattengehen sollte. Er, der doch nichts sehnlicher herbeiwünschte, als mit ihr zusammen diese besinnliche Zeit zu verbringen und jeden noch so kleinen Moment zu genießen – mit ihr.
Er sagte sich, dass dies wohl das schlimmste Zeitfenster werden würde. Allein, auf sich gestellt und fern von dem Menschen, den er so sehr um sich haben wollte.
Es half nichts – er musste allein sein.
Wo andere zusammenkamen, um gemeinsam Zeit zu verbringen, musste er mit dem Gedanken an sie vorliebnehmen.
Mit jedem Tag, der vorbeiging, kam er diesen Tagen näher und die Hilflosigkeit wurde größer. Die Gedanken und Gefühle konnte er nicht im Entferntesten kontrollieren. Der Schmerz wurde stärker und mit dem Gefühl, alleingelassen zu werden, nahm zu die Trauer. Die Gefühle nahmen so überhand, dass kein Tag, kein Moment verging, ohne über diese schreckliche Zeit nachzudenken.

Schließlich kam der Tag, der Tag, den er verfluchte, und mit ihm noch eine Vielzahl weiterer Tage, bis zu dem Tag, wo man sich wiedersehen würde.

Schweren Schritts entschloss er sich, so nicht weiterzumachen und diesen Tag vor Weihnachten und die Weihnacht selbst auszulöschen, wie auch seine Liebe ein für allemal einzuschließen in seinem Herzen und für immer unter Verschluss zu halten.

Er war am Ende und von nun an hatte alles keine Bedeutung mehr. Liebe, Leben und alles, was zum Individuum Mensch dazugehört.

Er hörte auf zu leben. Er hörte auf zu lieben. Er hörte auf, Glück zu empfinden. Er hörte auf, sich die schönen Momente ins Gedächtnis zu rufen. Es war vorbei.

Alles hatte er unter Kontrolle, nur eines nicht! Seine Träume.

Immerzu träumte er von ihr und wie es war und hätte sein können. Er zwang sich aufzuwachen und schaffte es auch und fing gleich an zu weinen, da der Schmerz zu groß und sein Herz zu schwach war. Er beschloss, nicht mehr zu schlafen, und mit der Zeit schlief er nur noch ein bis zwei Stunden und seine körperliche und geistige Verfassung nahm rapide ab.

Schlaflos, lustlos und unfähig, noch etwas zu empfinden, entschloss er sich, die nächste Weihnacht nicht mehr zu erleben.

Fortsetzung folgt nicht …

51. Mirror

Mirror, mirror
Tell me, who is this person in front of me?
Who is he?
These eyes without shine
The sadness covers all of him

Mirror, for what he is looking for?
The longing will destroy him
Is no one there to help him?
To take his hands

Mirror, mirror
This guy looks at me
Why?
Why is he observing me?
The deep sadness when he looks at me

Mirror
Tell him, please, to stop
The person he is looking for
Does not exist anymore

FRANKFURT/M., 27.06.2015

52. Teardrops

When these tears stop running
The spring will have no reservoir
And become a desert

If I knew you were at the end of the world
No hurdle, no barrier can hold me back
If there is no way back, death is waiting for me, I will go

Without you I'm a bed of a river without water
I'm defenceless when you are not holding these hands

Hold back these tears now
Flash the fire, burning of my heart
Fill my soul full of peace
Tell ME now, where are you?
How can I find you?

Despairing, despairing
I'm searching now my whole life
Crying in dark corners, far from foreign eyes
Shouting inside, praying
I run, run till I can't breathe

When these tears stop running
The spring will have no reservoir
And become a desert

FRANKFURT/M., 19.06.2015

53. Voices in my soul

By Haci H. Polat, in the air (Miami–Frankfurt)

In the depth
There is some noise
Silent, like praying

Far, far away
From eyes
Crying someone

In some hidden place
Isolated, captured
The love is born

With every thought
With every view
The love rises

Now, just in that moment
My love is waiting for you
Wants to be bound

The voices of my soul
Shout in the world
I'm in love, in love

54. This Night

By Haci H. Polat, 2015, Nashville

Today, this night
Is so silent, full of peace
Every single light of the stars
Occupied my heart, my soul

My eyes send out their soldiers to keep me going on
Tears take their way
Kiss my cheeks
Spending help, where no one is
Like friends, like the one I loved before

This night, is so long
How can I survive?
How to continue?
Is there no one to take this hand?
Catch my heart, take over my soul
Give ME peace, let me finish the search

It's burning
Describing the pain impossible
Yearning and longing for never ends
This night, I'm alone like never before

55. Tired Eyes

By Haci H. Polat
(original translation from the Turkish poem *Yorgun Gözler*)

Eyes, my eyes
Eyes, I'm sorry, what I did to you
It was much, too much
You get tired of searching, of crying
You're always waiting for me, never left me alone
When it hurts so much, you caress my cheeks with your teardrops

Eyes, eyes
Forgive me, because of me you get exhausted
This heart don't understand, I didn't understand
I was weak, I lost

56. Das tote Herz

Am Morgen danach hab ich das kümmerlich Zurückgebliebene rausgerissen. Den Nährboden für die stummen Schläge genommen und unwiderrufbar entrissen. Dieses Herz sollte nicht noch mehr leiden, Schmerz erfahren, brennen, lieben und vor Sehnsucht schlagen.

Warum sollte etwas existieren, was nicht ohne das andere sein kann, und verdammt sein Tag und Nacht, unaufhörlich zu lieben, sich dafür zu zerreißen oder gar aufopfern zu wollen. Nein, es ging einfach nicht mehr. Es musste ein Ende gesetzt werden.

Was hat alles gebracht? Wofür hat man alles getan und sich bemüht?

Wie oft hat man sich zerrissen, gebetet und sich etwas eingeredet. Wofür – für eine Lüge!

Das Herz war im Bruchteil einer Sekunde in Stücke zerrissen. Die Fassungslosigkeit infizierte das Gehirn und ein Gedanke an etwas anderes wurde nicht zugelassen. Die ganze Wärme im Körper entlud sich auf der Haut, die regelrecht brannte, und im Inneren wurde es kalt.

Die Nächte wurden zum Tage und eine Frage war geblieben. Die Frage nach dem Warum. Eine Frage, die nicht zu beantworten war, außer dass es eine Lüge war. Die Lüge des Lebens.

Der Boden unter den Füßen wurde entzogen und der Fall führte tief und tiefer. Die Wunde war riesig, der Schmerz unbeschreibbar, aber das Schlimmste war die Leere. Und nichts hatte die Kraft, diese auch nur im Ansatz aufzufüllen. Und selbst wenn dies möglich gewesen wäre, wurde es nicht zugelassen – diese Fähigkeit wurde mir entrissen.

So blieben die Narben und ein Leben mit einem toten Herz zurück.

Die Gedanken an das Vergangene hätten der Himmel auf Erden sein können, den mir niemand hätte nehmen können. Doch es war nicht so. Ich hatte mich in ein Grab begeben, mir die Hölle geschaffen, ein Alptraum, aus dem ich aufwachen wollte.

10.04.2015

57. Bis die Sonne aufgeht

Ich warte
Ich sehne
Ich vermisse

Dich

Du bis alles
Du bist es, warum ich da bin
Der Grund meines Seins

Ich warte nun so lang
Ein ganzes Leben
Ich kann und will nicht mehr

Drum komm endlich
Halt meine Hand
Öffne die Tore zu deinem Herzen
Lass mich hinein
Nimm meine Gefühle an

15.03.2015

58. Engel müssen nicht immer einsam sein

Sind sie doch so nah
Kann man sie nicht greifen
Helfen einem aufopfernd
Doch kann man nicht danken
Immerzu spenden sie Trost
Anlehnen können wir nicht

Wenn die Engel einsam und traurig sind
Können wir das nicht erkennen
Und das Leid stillen
Unterstützen und Mut einflößen

Dennoch sollen die Engel wissen

Ihr seid nicht allein ...

05.03.2015